큰 글
한국문학선집

최남선 시선집

해에게서 소년에게

일러두기

1. 이 시집은 『백팔번뇌(百八煩惱)』(동광사, 1926), 『육당 최남선 전집』 5(현암사, 1973), 『육당 최남선 전집』 1(역락, 2003)을 참조하였다.

2. 표기 및 띄어쓰기는 원칙적으로 현행 맞춤법에 따랐다. 그러나 시적 효과 및 음수율과 관련된 경우는 원문의 표기와 띄어쓰기를 그대로 따랐다.

3. 원문에 " " 및 ' ' 표기는 〈 〉로 고쳤다.
   그러나 원문에서 [ ]를 사용한 경우는 원문 표기를 따랐다.

4. 원문에서 표기한 한자의 경우는 필요시 그대로 두었다.

5. 목차는 원고에 밝혀진 작품의 완성시기를 따랐다.

6. 텍스트의 이해를 돕기 위하여 편자 주를 달았는데, 이는 국립국어원의 뜻을 참조하였다.

목 차

모르네 나는

밥만 먹으면 배가 부름을
모르네 나는
물만 마시면 목이 축임을
모르네 나는
해만 번하면 세상인 줄은
모르네 나는
돈만 많으면 근심 없는 줄
모르네 나는
벼슬만 하면 몸이 귀함을
모르네 나는
지식 많으면 마음 맑음을
모르네 나는
우리 구함과 우리 찾는 것
이 뿐 아닐세

여러 가지 다 모두 긴하고
종요로우나1)
갑절 더한 것 또 있는 줄을
아나 모르나
밥과 마실 것 돈과 벼슬은
얻지 못해도
낙과 영화와 몸과 목숨은
잃어 버려도
나의 자유는 보전할지며
찾아올지니
자유 하나만 자유 하나만
갖지 못하면

---

1) (기)종요롭다. 없어서는 안 될 정도로 매우 긴요하다.

그의 세상은 아무 것 없고
　　　　캄캄하리라
하늘 위에서 나려다 뵈는
　　　　모든 영화를
다 줄지라도 아니 바꾸네
　　　　나의 자유와
따뜻한 자유 있는 곳에만
　　　　성물이 살고
해가 쪼이고 별이 돌아서
　　　　목적 이루네
자유 이 자유 발길 끊어서
　　　　볼 수 없으면
두려움 장막 근심 휘장이
　　　　내 몸을 덮고

가시 손 가진 모진 마귀가

　　내 등을 밀어

즐거움에서 걱정 속으로

　　잡아 가두고

편한 안에서 곤한 밖으로

　　밀어 내치네

그럴 때에는

　　밥은 헤지고

　　물은 마르고

　　해가 빛 없고

　　돈이 힘 없고

　　낙이 감추이고

　　영화 사라져

　　지식이 설어

소리 지르며
탄식하리라
통곡하리라
발광하리라

해(海)에게서 소년에게

1.

텨……ㄹ썩, 텨……ㄹ썩, 텨ㄱ, 쏴……아.

때린다, 부순다, 무너 버린다.

태산같은 높은 뫼, 집채 같은 바윗돌이나,

요것이 무어야, 요게 무어야,

나의 큰 힘, 아느냐, 모르느냐, 호통까지 하면서,

때린다, 부순다, 무너 버린다.

텨……ㄹ썩, 텨……ㄹ썩, 텨ㄱ, 튜르릉, 콱.

2.

텨……ㄹ썩, 텨……ㄹ썩, 텨ㄱ, 쏴……아.

내게는, 아무것, 두려움 없어,

육상에서, 아무런 힘과 권(權)을 부리던 자라도,

내 앞에 와서는 꼼짝 못하고,
아무리 큰, 물건도 내게는 행세하지 못하네.
내게는 내게는 나의 앞에는
텨……ㄹ썩, 텨……ㄹ썩, 텨ㄱ, 튜르릉, 콱.

3.

텨……ㄹ썩, 텨……ㄹ썩, 텨ㄱ, 쏴……아.
나에게 절하지, 아니한 자가,
지금까지, 없거든, 통지하고 나서 보아라.
진시황, 나팔륜, 너희들이냐,
누구 누구 누구냐, 너의 역시 내게는 굽히도다.
나하고 겨룰 이 있건 오너라.
텨……ㄹ썩, 텨……ㄹ썩, 텨ㄱ, 튜르릉, 콱.

4.

텨……ㄹ썩, 텨……ㄹ썩, 텨ㄱ, 쏴……아.
조그만 산 모를 의지하거나,
좁쌀 같은 작은 섬, 손뼉만한 땅을 가지고,
고 속에 있어서 영악한 데를,
부르면서 나 혼자 거룩하다 하는 자,
이리 좀, 오나라, 나를 보아라.
텨……ㄹ썩, 텨……ㄹ썩, 텨ㄱ, 튜르릉, 콱.

5.

텨……ㄹ썩, 텨……ㄹ썩, 텨ㄱ, 쏴……아.
나의 짝될 이는 하나 있도다,
크고 길고, 너르게 뒤 덮은 바 저 푸른 하늘.

작은 시비 작은 쌈 온갖 모든 더러운 것 없도다.
저 따위 세상에 저 사람처럼,
텨……ㄹ썩, 텨……ㄹ썩, 텨ㄱ, 튜르릉, 콱.

6.
텨……ㄹ썩, 텨……ㄹ썩, 텨ㄱ, 쏴……아.
저 세상 저 사람 모두 미우나
그 중에서 똑 하나 사랑하는 일이 있으니
담 크고 순정한 소년배들이,
재롱처럼, 귀엽게 나의 품에 와서 안김이로다.
오나라 소년배 입 맞춰 주마
텨……ㄹ썩, 텨……ㄹ썩, 텨ㄱ, 튜르릉, 콱.

가을 뜻

쇠(衰)한 버들 맑은 풀 맑은 시내에
배가 부른 큰 돛 달아 가는 저 배야
세상시비 던져두고 어느 곳으로
너 혼자만 무엇 싣고 도망하느냐

나의 배에 실은 것은 다른 것 없어
사면에서 얻어온 바 새 소식이니
두문동(杜門洞)2) 속 캄캄한 데 코를 부시는
산림학자 양반들께 전하려 하오.

---

2) 이성계가 조선을 건국한 것에 반대한 고려 유신이 모여 살던 곳. 경기도 개풍군 광덕면 광덕산 서쪽 기슭에 있다.

가는 배

나는 간다 나 간다고 슬퍼 말아라
너 사랑는 나의 정은 더욱 간절해
나는 용이 언제던지 지중물(池中物)이랴
자유대양 훤칠한 데 나가 보겠다

돛 자르고 사공 적고 배도 좁으나
걱정마라 굳은 마음 순실(純實)하노라3)
예수 앞에 엎드리던 순한 물이니
우리 자신 제가 보면 어찌 하리오

---

3) (기)순실하다. 순직하고 참되다.

천만 길 깊은 바다

천만 길 깊은 바다
물결은 검으니라
그러나 눈빛 같은
흰새가 사모하야
떠나지 못하는 걸
보건댄 내심까지
검었지 아니함을
미루어 알리로다

나 혼자 깨끗하고
나 혼자 흰 것처럼
아래 위 내외 없이
흰옷만 입고 매는
동방의 어느 국민

너희도 그와 같이
거죽은 검더라도
속을란 희어 보렴

소년 대한

1.

크고도 넓고도 영원한 태극
자유의 소년대한 이런 덕으로
빛나고 뜨겁고 강건한 태양
자유의 대한소년 이런 힘으로
어두운 이 세상에 밝은 광채를
빠지는 구석 없이 던져두어서
깨끗한 기운으로 타게 하라신
하늘의 부친 직분 힘써 다하네
바위틈 산골 중 나무 끝까지
자유의 큰 소리가 부르짖도록
소매안 주머니 속 가래까지도
자유의 맑은 기운 꼭꼭 차도록.

2.

우리의 발꿈치가 돌리는 곳에
우리의 가진 깃발 향하는 곳에
아프게 앓는 소리 즉시 그치고
무겁게 병든 모양 금시 소생해
아무나 아무든지 우리를 보면
두 손을 벌리고서 크고 빛난 것
청하야 달래도록 만들 것이오
청하지 아니해도 얼른 주리라.

3.

판수⁴⁾야 벙어리야 귀머거리야
문둥이 절름발이 온갖 병신아

우리게 의심말고 나아오너라
즐겨서 어루만져 낫게 하리라
우리는 너의 위해 화편(火鞭) 가지고
신령한 〈밥티즘〉5)을 베풀 양으로
발감개 짚신으로 일을 해가는
하늘의 뽑은 나라 자유대한의
뽑힌 바 소년임을 생각하여라.

---

4) '시각 장애인'을 낮잡아 이르는 말.
5) Baptism. 세례. 침례, 영세.

벌[蜂]

1.

굳은 날 마른 날 가리지 않고
높은 데 낮은 데 헤이지 않고
머나 가까우나 찾아다니며
부지런 바지런 움직이는 건
어여쁜 꽃모양 탐함 아니오
복욱(馥郁)한6) 향내를 구함 아니라
애쓰고 힘들여 바라는 것은
맛있는 좋은 꿀 얻으렴이라.

---

6) (기)복욱하다. 풍기는 향기가 그윽하다.

2.

공든 것 드러나 꿀을 얻으면
우리는 조금도 관계 안하고
곱다케 모아서 사람을 주어
긴하게 쓰도록 바랄 뿐이니
맛없는 것에는 맛나게 하고
맛있는 것에는 더 있게 하야
아무나 좋은 건 꿀 같다 하게
우리가 만든 걸 칭찬케 되다.

3.

사람아 사람아 게으른 사람
귀 숙여 우리말 들어를 보게

저즘게 고초를 무릅쓰고서
정성을 다하여 공 이룬 것이
이(利)되나 해(害)되나 생각하건대
송영(頌榮)7)과 칭예(稱譽)8)의 이(利) 뿐이로다
초당에 편한 잠 탐하였더면
너 같이 무용건(無用件) 되었겠구려.

4.

옛사람 말씀은 그른 것 없어
한 마디 한 구절 한 땀이라도
가로대 쓴 뿌리 단 열매 맺고

---

7) 예배의 시작과 마지막에 들어가는 기도 형식의 송가.
8) 칭찬.

고(苦)로운 끝에는 락(樂) 온다더니
수고한 뒤에는 좋은 갚음이
오지를 말래도 억지로 오네
사람과 벌레가 무엇 다르랴
게으름 부지런 갚음 받을 때.

우리의 운동장

1.
우리로 하여금
〈풋볼〉도 차고
우리로 하여금
경주도 하여
생(生)하여 나오는
날쌘 기운을
내뽑게 하여라
펴게 하여라!
아직도 제 주인
만나지 못한
진동(秦東)의 저 대륙
넓은 벌판에!
　　우리로
　　우……리……로!

2.

우리로 하여금

헤엄도 하고

우리로 하여금

경도(鏡棹)도 하여

서방님 수족과

도령님 몸을

거슬게 하여라

굳게 하여라!

우리의 운동터

되기 바라는

태평의 저 대양

크나큰 물에!

　　　우리로

우리로
우……리……로!

3.
뚫어진 짚신에
발감개 하고
시베리아 찬바람
거스르면서
달음질할 이가
그 누구러냐?
나막신 같은 배
좌우로 지어
볕발이 곳쏘는

적도 아래서
배싸움 할 이가
그 누구러냐?

우리로
우리로
우……리……로!

밥벌레

너희는 개박장(刳匠)은 되어도
〈밥벌레〉는 되려하지 말아라
너희는 거름장산 되어도
〈앵무(鸚鵡)새〉는 되려 하지 말아라
너에게 밥 먹으라 입 주신
하늘께서 손과 발도 주시되
입 하나 주시면서 손발은
둘씩 주신 이치 아나 모르나
먹기도 적게 하고 말까지
많이 하지 아니할 것이로대
할 수가 있는 대로 손과 발
놀리기는 쉬지 아니하여서
주먹 힘 튼튼하게 많거든
지구라도 때려 부셔 버리고

발길질 뻣뻣하게 잘 커든
월중계(月中桂)도 보기 좋게 걷어차
아까운 일평생을 공연히
옷 밥 씨름하는 데 쓰지 마라
그러면 거름장사 개박장(劊匠)
되는 편이 또한 나으리로다.

신 대한소년(新大韓少年)

1.

검붉게 글은 저의 얼굴 보아라
억세게 덖은[9] 저의 손발 보아라
나는 놀고먹지 아니 한다는
표적 아니냐.
그들의 힘줄은 툭 불거지고
그들의 뼈……대는 떡 벌어졌다
나는 힘들이는 일이 있다는
유력한 증거 아니냐
　　옳다 옳다 과연 그렇다
　　신 대한(新大韓)의 소년은
　　이러 하니라.

---

9) (기)덖다. 굳은살이 되다. 못이 박이다.

2.

전부의 성심 다 들여 힘 기르고
전부의 정신 다 써 지식 늘여서
우리는 장차 누를 위해 무슨 일
하려 하느냐
약한 놈 어린 놈을 도울 양으로
강한 놈 넘어뜨려 〈최후승첩은
정의로 돌아간다〉는 밝은 이치를
보이려 함이 아니냐
　　옳다 옳다 과연 그렇다
　　신 대한의 소년은
　　이러 하니라.

3.

그에겐 저의 권속(眷屬)10)이나 재산의

사유한 것은 아무것도 다 없이

사해팔방 제 몸이 가는 데가

저의 집이요

일천하(一天下) 억만성(億萬姓)이 모두 형제요

땅 위에 생식하는 온갖 품물(品物)11)이

저의 재산 아닌 것이 없는 듯

지극히 공평하더라

옳다 옳다 과연 그렇다

신대한의 소년은

이러 하니라

---

10) 권솔. 한집에 거느리고 사는 식구.
11) 형체가 있는 온갖 물건.

4.

앞으로 나갈 용(勇)은 넉넉하여도

뒤흐로 부를 힘은 조금도 없어

뻣뻣한 그 다리는 아무 때던지

내어 디디었고

하늘을 올려 봄엔 그 눈 밝아도

내려다보는 것은 아주 어두워

밤낮 위로 올라가는 빠른 길

힘써 찾을 뿐이러라

옳다 옳다 과연 그렇다

신 대한의 소년은

이러 하니라.

구작 삼편(舊作三篇)

우리는 아무것도 가진 것 없소
칼이나 육혈포12)나—
그러나 무서움 없네,
철장(鐵杖)13) 같은 형세라도
우리는 어찌 못하네.
　　우리는 옳은 것 짐을 지고
　　큰 길을 걸어가는 자임일세.

우리는 아무것도 지닌 것 없소,
비수나 화약이나—
그러나 두려움 없네,
면류관의 힘이라도

---

12) 탄알을 재는 구멍이 여섯 개 있는 권총.
13) 쇠로 만든 막대기나 지팡이.

우리는 어찌 못하네.
　　우리는 옳은 것 광이(廣耳)삼아
　　큰 길을 다스리는 자임일세.

우리는 아무 것도 든 물건 없소,
돌이나 몽둥이나—
그러나 겁 아니 나네
세사(細砂)[14] 같은 재물로도
우리는 어찌 못하네.
　　우리는 옳은 것 칼 헤집고
　　큰 길을 지켜보는 자(者)임일세.

---

14) 가늘고 고운 모래.

나는 천품(天稟)이, 시인이, 아니리라. 그러나, 시세(時勢)와 및, 나 자신의 경우는, 연(連)해 연방(連方), 소원 아닌, 시인을 만들려 하니, 처음에는, 매우 완고하게, 또, 강맹하게, 저항도 하고, 거절도 하였으나, 필경, 그에게 최절한[15] 바 되어, 정미의, 조약이, 체결되기 전 삼삭(三朔)[16]에, 붓을, 들어, 우연히, 생각한 대로, 기록한 것을 시초로 하야, 삼사삭(三四朔) 동안에, 십여 편을, 얻으니, 이, 곳, 내가 붓을, 시에, 쓰던 시초요, 아울러, 우리 국어로, 신시의 형식을, 시험하던, 시초라. 이에 게재하는 바, 이것 삼편(三篇)도, 그 중엣, 것을, 적록(摘錄)한[17] 것이

---

15) (기)최절하다. 좌절하다.
16) '삭'은 개월.
17) (기)적록하다. 적바림하다. 나중에 참고하기 위하여 글로 간단히 적어 두다.

라. 이제, 우연히, 구작(舊作)18)을, 보고, 그 시, 자기의 상화(想華)19)를, 추회하니, 또한, 심대한, 감흥이, 없지 못하도다.

한 말 하는 일 조금 틀림없도록
몽매에라도 마음 두고 힘쓰게
말이 좋으면 함박꽃과 같으나
일은 흉해도 흰 쌀알과 같더라
눈 비움도 좋으나
배부른 것 더 좋이

자유로 제 곳에서 날고 뜀은
옳은 이 옳은 일의 거룩한 힘

---

18) 예전에 지었거나 만든 작품.
19) 수필.

깊고 큰 저 연못에 거침없이
넓고 긴 저 공중에 마음대로
그와 같이 다니고
뛰놀도록 합시다.

꽃 두고

나는 꽃을 즐겨 맞노라,

그러나 그의 아리따운 태도를 보고 눈이 어리며

그의 향기로운 냄새를 맡고 코가 반하야

정신없이 그를 즐겨 맞음 아니라,

다만 칼날 같은 북풍을 더운 기운으로써

없는 살기를 깊은 사랑으로써

대신하야 바꾸어

뼈가 저린 얼음 밑에 눌리고 피도 어릴 눈구덩에

파묻혀 있던

억만 목숨을 건지고 내어 다시 살리는

봄바람을 표장(表章)[20]함으로

나는 그를 즐겨 맞노라.

---

20) 표창.

나는 꽃을 즐겨 보노라,

그러나 그의 평화 기운 머금은 웃는 얼굴 흘리며

그의 부귀기상 나타낸 성한 모양 탐하여

주저 없이 그를 즐겨 봄이 아니라.

다만 겉모양의 고은 것 매양 실상이 적고

처음 서슬 장한 것 대개 뒤끝 없는 중

오직 혼자 특별히

약간영화(若干榮華) 구안(苟安)[21]치도 아니코 허
다 마장(許多魔障)[22] 겪으면서 굽히지 않고

억만 목숨을 만들고 늘여 내어 길이 전(傳)할 바

---

21) (기)구안하다. 일시적 안락을 꾀하다.
22) 귀신의 장난이라는 뜻으로, 일의 진행에 나타나는 뜻밖의 방해나 헤살을 이르
    는 말. 마희(魔戲).

씨열매를 보육함으로
나는 그를 즐겨 보노라.

막은 물

밤이나 낮이나 조리졸졸
한 시도 한 각(刻)도 쉬지 않고
한없는 바다에 가기까지
곤한 줄 모르고 흘러가네
가다가 중로에 사람들이
고이게 한다고 조약돌로
흐르지 못하게 막았으나
제 자유 조금도 잃지 않네
돌 틈을 뚫어서 나가던지
모래로 스며서 들어가던지
볕발에 끌어서 피우던지
어떻게 무슨 법 써서라도
가운데 끊임이 연할 때에
땅 속에 숨은 물 합할 때에

공중에 각 방울 엉길 때에
내 되고 샘 되고 비 되어서
전같이 꾸준히 쉬임없이
그대로 바다로 향해 가니
만덕이 수고는 헛일되고
흐르는 자유는 상함 없이
영원히 마음대로 갈 곳 가네
밤에나 낮에나 쉬지 않고

우리 님

털 관(冠) 머리에 쓰고
몸에 금수(金繡) 옷 입고
가슴에는 훈장 차
이상하게 점잖은
행세하는 그 사람
우리 님이 아니오.

코에 지혜를 걸고
입에 아닌 것 발라
눈을 팽팽히 뜨고
남다르게 높은 체
하려 하는 그 사람
우리 님이 아니오.

돈 있기로 유식코
재물 있어 의젓코
넉넉으로 푼푼해
제가 잘 나 그런 듯
하게 아는 그 사람
우리 님이 아니오.

우리 님아 우리 님
네 모양은 어떠뇨
나는 맨몸 맨머리
입고 가린 것 없어
약한 쥐를 놀래려
아니 쓰오 괴가죽.

우리 님아 우리 님
네 자랑은 무어뇨
나는 근본을 알고
아는 대로 하나니
분 바르고 흰 빛깔
자랑하지 아니하오

우리 님아 우리 님
네 가진 것 무어뇨
흠이 없는 내 마음
수정같이 맑으니
여럿의 것 거두어
나눌 때에 빚 안 내오.

아느냐 네가

공작이나 부엉이나 참새나
새 성명을 가진 것은 같은 줄
　　　아느냐 네가

쇠끝으로 부싯돌을 탁 치면
그새어서 불이 나서 날림을
　　　아느냐 네가

미는 물이 조금조금 밀어도
나중에는 원물만큼 느는 줄
　　　아느냐 네가

건장한 이 들이가는 먼 길을
다리성치 못하여도 가는 줄
　　　아느냐 네가

삼면환해국(三面環海國)

1.

부글부글 끓는 듯한 동녘 하늘 보아라,
상서(祥瑞)기운 농조하여 빽빽이 찬 안에서
온갖 세력 근원되신 태양이 오르네,
하늘은 붉은 빛에 휩싸인 바 되었고
바다는 더운 힘에 항복하여 있도다,
어두움에 갇혀 있던 억천 만의 사람이
　　눈을 뜨고 살펴보는 자유였으며
　　몸을 일혀 움직이는 기운 생기네,
기뻐하고 좋아하는 아침 인사 소리는
어느 말이 태양공덕 송축함이 아니냐,
이러하게 만중(萬衆)이 다 우러보는 태양은
벽해수를 사이 하야 먼저 우리 비취네,
그렇다 우리나라는

동방도 바다이니라.

2.

부쩍 부쩍 빗발나는 남녁 하늘 보아라,
광명구름 천정되어 가로 퍼진 면에는
온갖 세력이 주재이신 태양이 떠 있네
인축(人畜)23)은 밝은 빛에 부지런을 다투고,
초목은 붓는 힘에 자라기를 힘쓰네,
게으름에 붙들렸던 억천 만의 품물(品物)이
　　손발 놀려 일을 하는 활기 있으며
　　조화 빌어 열매 맺는 생의(生意)24) 보이네,
가다듬고 힘써 하는 한나절 일 모양은

---

23) 사람과 가축을 통틀어 이르는 말.
24) 어떤 일을 하려고 마음을 먹음. 또는 그 마음. 생심.

어느 것이 태양정기 표현함이 아니냐,
이러하게 만물이 다 힘을 입는 태양은
영해수를 사이하야 마주 우리 쪼이네,
그렇다 우리나라는
남방도 바다이니라.

   3.
우걱우걱 찌는 듯한 서녘 하늘 보아라,
채색노을 장막 이뤄 둘러쳐논 속으로
온갖 세력 작성하신 태양이 드시네,
산악은 남은 빛에 공손하게 목욕코
하해는 걷는 힘에 질서있게 밀리네,
어려움에 빠져 있는 삼천세계 중생이
차별없이 베풀어진 은광(恩光) 입으며

한량없이 헤쳐 놓은 덕파(德波) 젖었네
즐거움과 편안함의 저녁때의 광경이
어느 것이 태양택화(太陽澤化) 점피(霑被)함이 아
니냐,
이러하게 만계가 다 복을 받는 태양은
황해수(黃海水)를 사이하여 끝내 우리 쏘시네.
그렇다 우리나라는
서방도 바다이니라.

대한소년행(大韓少年行)

따듸따닷따! 두당둥당둥!
대천세계 덮고 남는 우리 기운을
한번 한껏 못 뿜어서 무궁한(無窮恨)인데
수미산(須彌山)[25]을 바로 뚫는 우리 용맹을
아직 조금 못 써보아 독자고(獨自苦)로다
이런 기운 이런 용맹 한 데 모아서
이 세상에 도량하는 부정불의를
토멸코자 의용대를 굳게 단성(團成)해
대한소년 당당보무 나아가노나.

따듸따닷따! 두당둥당둥!
번듯번듯 장공(長空) 덮은 작고 큰 기엔

---

25) 불교의 우주관에서, 세계의 중앙에 있다는 산.

발발마다 정의자(正義字)가 신면목이오
번쩍번쩍 일광 가린 길고 짧은 칼
끝끝마다 정의신(正義神)이 전승무 추네
말 바르고 이치 맞고 형세 장하게
거침없이 나아가는 우리 군 전에
안 꺾이는 군사란 게 누구 있으며
안 눌리는 형세란 게 어대 있나뇨

따듸따닷따! 두당둥당둥!
조기조기 반짝반짝 보이는 것이
무엇인지 너희들이 알아보느냐
다만 앞만 보고 가서 얼른 취하라
용사에게 돌아갈 바 승첩등(勝捷燈)이라
급하게나 완(緩)하게나 쉬지만 말고

처음 정한 우리 목적 굳게 지켜서
끈기 있게 용맹 있게 가기만 하면
빼앗을 자 다시없다 우리 것일세,

따듸따닷따! 두당둥당둥!
화락에 찬 하늘 풍악 즐겁게 울고
비둘기의 모양으로 하나님 임해
개가(凱歌)26) 불러 돌아오는 우리 군인을
모든 천사 내달아서 맞아 들여서
보좌 앞에 승전훈장 친히 주실 때
우리 영광 우리 복락 한이 없겠네
한 시 한 각 다투어서 얼른 성공케

---

26) 개선가.

훈장 들고 기다리심 벌써 오래네

따듸따닷따! 두당둥당둥!
나아가세 나아가세 기껏 나가세
대한소년 의용군인 큰 발자취로
성큼성큼 건장하고 용맹스럽게
최후승첩 얻기까지 기껏 나가세
허큘쓰[27)의 높은 산도 한번 뛰우고
태평양의 넓은 바다 한 번 헤엄해
정의도중(正義圖中) 왼 세계를 집어느라신
하늘 명령 성취토록 기껏 나가세

---

27) Hercules. 헤라클레스.

태백범[太白虎]

갈구리 같은 나의 발톱에 긁혀지지 않는 것이 어대 있으며, 톱 같은 나의 이에 씹혀 지지 않는 것이 어대 있으리오. 그러나 나는 이 톱과 이를 온전히 정의를 위하여 쓰노니, 다른 범은 죽이기 위하야 잡아먹되 나는 살리기 위하여 잡아먹으며, 다른 범은 저를 위함이되 나는 남을 위함이라, 나의 이루려함은 오직 진이요, 선이요 미뿐이니라

우리 주의 큰 뜻 붙인 거룩한 세계
어린 아이 좀장난터 된 지 얼마뇨
그 경륜을 이루어서 천직 다하게
발 내어논 너의 모양 숭엄하도다
사천년간 길러 나온 호연한 기운
시원토록 뿜어보니 우주가 적고

대륙 모에 움크렸던 웅대한 몸이
우뚝하게 이러나니 지구가 좁의

우레 같은 큰 소리를 한번 지르면
만국이 와 엎드리니 네가 왕이오
번개 같은 맑은 눈을 바로 뜰진댄
만악(萬惡)이 다 살아지니 네가 신일세

즐거움의 좋은 동산 어지른 티끌
어진 이가 둘러 박힌 사랑입으로
남김없이 집어 먹어 전(前) 모양될 때
하늘 문이 열리리라 너의 발 앞에

범은 통골(通骨)이라 고개를 돌리지 못하고 벗을 기

운만 가진지라, 위로 뛰기만 한다 함은 전부터 이르는 말이거니와, 이는 과연 그러하니 우리는 오직 진취만 하도록 또 연방 향상만 하도록 천생이 된지라 진취와 향상은 이것이 곳 우리의 전체이니라. 그러므로 하늘이 품수(稟授)[28]하신 것을 거슬려 앞에 몰려 있는 온갖 날랜 기관을 게을리 쓰면 뜻밖에 어려움이 이르느니라.

---

28) 선천적으로 타고남. 품부(稟賦).

태백산부(太白山賦)

지구의 산-산의 태백이냐?
태백의 산-산의 지구냐?

시인아 이를 묻지 말라.
그것이 긴하게 찬송할 것 아니다.

하늘 면은 휘둥그렇고 땅바닥은 펑퍼짐한데,
우리 님-태백이는 우뚝!
독립-자립-특립,

송굿? 화저(火著)[29]? 필통의 붓?
영광의 첨탑?

---

29) 부젓가락.

피뢰침? 깃대? 전간목(電桿木)30)?
온갖 아름다운 용(勇)이 한 데로 뭉키어 된 조선
남아의 지정대순(至精大醇)의 큰 팔뚝!

천주는 부러지고 지축은 꺾어져도,
까딱없다 이 첨탑!

삼손(유대국 용사의 이름)이 쳐도, 항우가 달려도
─구정(九鼎)31)을 녹여서 망치를 만들어가지고 땅
땅땅 때려도,
까딱없다 이 팔뚝!

---

30) 전봇대.
31) 중국 하(夏)나라의 우왕(禹王) 때에, 전국의 아홉 주(州)에서 쇠붙이를 거두어
서 만들었다는 아홉 개의 솥. 주(周)나라 때까지 대대로 천자에게 전해진
보물이었다고 한다.

지구면의 물이 다 마르기까지,
정의의 기록은 오직 이리라.
그리하여 어두운 세상의 등탑이 되어 사람의 자식
의 큰 길을 비추어 주리라.

태양이 재덩어리 되기까지,
정의의 주인은 반드시 이리라.
그리하여 어이 닭의 날개가 되어 발발 떠는 병아
리를 덮어 주리라.

아아 세계의 대 주권은 영원이 첨탑—이 팔뚝에
걸린 노리개로다.

하늘 (面)은 휘둥그렇고 땅바닥은 펑퍼짐한데
우리 님 - 태백이는 우뚝.

지구의 산 - 산의 태백이냐?
태백의 산 - 산의 지구냐?

시인아 이를 묻지 말라.
그것이 긴하게 찬송할 것 아니다.

태백산의 사시(四時)

춘(春)

혼자 우뚝.
모든 산이 말큼 다 훗훗한 바람에 항복하야,
녹일 것은 녹이고 풀릴 것은 풀리고,
아지랑이 분바른 것을 자랑하도다.
그만 여전하도다.
흰 눈의 면류관이나, 굳은 얼음의 띠나,
어디까지든지 얼마만큼이든지 오직 〈나!〉
나의 눈썹 한 줄, 코딱지 한 덩이라도 남의 손은
못 대어! 우러러보니 벽력같이
내 귀를 때린다 이 소리!
끝없다 진달래 한 포기라도.
〈나는 산아이로라〉.

하(夏)

〈베스비오스〉야 한껏 하여라 (〈 〉은 이탈리아 국 유명한 화산의 이름)

네 앞에 있는 누더기와 북데기[32]를 누구더러 쓸라고 하랴.

지중해의 물이 끓어 뒤집혀 찌꺼기[渣滓]가 말큼 갈앉도록은 연방 그 밑에 통장작을 지펴라.

우리의 의분은 정히 한껏 대목에 오르지 아니하였느냐.

그가 바야흐로 이 생각을 하고 있는 듯.

---

32) 짚이나 풀 따위가 함부로 뒤섞여서 엉클어진 뭉텅이.

무럭무럭 김이 나고 부걱부걱 거품이 지고 활활활
결이 오르는 뭉텅이 구름이 살그면 살그면 혹 피잉
피잉 그의 머리로 오고 가고 하는도다

요동 칠백 리.

그의 증왕(曾往)³³⁾에 살러버린 터로다.

화산같은 여름 볕—끝없는 벌판의 복사열.

모래는 알알이 타고 풀은 또야기 또야기 찐다.

서남으로 오는 인도양 절기풍(節期風)아 왜 그리
더디냐,

어서 바삐 네 습기 가져다가 내 이마에 부드져라.

지체 아니하고 생명의 비를 만들어 퍼부어 주마.

의(義)를 위하는 용(勇)을 아끼는 내가 아니로라.

---

33) 이미 지나가버린 그때.

희던 것이 검고 성기던 것이 빽빽한 구름.

배로 허리로 어깨로 금시 금시에 왼몸을 휩싸도다.

수분자(水分子)는 연방 엉기도다.

쏟는다. 쏴아……

벌써 이 세계는 그의 것이다 마른대로 둠이나 충충하게 소(沼)를 만듦이나!

〈힘!〉

방울방울 떨어지는대로 이 소리.

추(秋)

하늘은 까…맣고, 휘…언하고, 한일 자(一字).

안하(眼下)에 남이 없는 듯 엄전하게 우뚝.

끼룩 소리는 사면에서 나지만,

그의 위에는 지나가는 기러기떼가 없다.

치웁다고 더웁다고 궁둥이를 요리조리하는 기러기.

아니 넘기나? 못 넘나?

한 손은 남으로 내밀어 필리핀 군도의 폭우를 막고, 한 손은 북으로 뻗쳐 시베리아 광야의 열풍을 가리는 그 용맹스러운 상(相).

〈우리는 대장부로라!〉

나리질린 폭포 ─ 우거진 단풍 ─ 굳세고 ─ 빨갛고.

우리 과단성 보아라하는 듯한 칼날 같은 바람은,

천군만마를 모는 듯하게 무인지경으로 지치려고 골마다 구렁마다 나와서 한데 합세하는도다.

〈휘이익! 휘이익! 내가 가는 곳에는 떨고 항복하지 아니하는 자 없지! 휘이익!〉

그의 전체는 언제든지 끄떡 없이 우뚝.

동(冬)

하얗게 덮이고 반들하게 피인 눈.
평균의 신! 태평의 신! 천국의 표상이로다!
그 속에는 멧 〈어흥〉이 감취였노?

태백산과 우리

한줄기 뻗친 맥(脈)이 삼천리하야
살지고 아름다고 튼튼하게 된
이러한 꽃 세계를 이루었으나
우리의 목숨 근원 이것이로다.

숭고타 그의 얼굴 광명이 돌고
헌앙(軒昂)타³⁴⁾ 그 허우대 위엄도 크다
하늘에 올라가는 사다리 모양
보지는 못 하야도 그와 같을 듯.

그 안화(顔華) 볼 때마다 우리 이상은
빛나기 태양으로 다투려 하고

---

34) (기)헌앙하다. 풍채가 좋고 의기가 당당하다.

그 풍신(風神) 대할 때에 우리 전진심(前進心)
하늘을 꿰뚫도록 높아지노라.

억만년 우리 역사는 영예뿐이니
그의 눈 아래에서 기록함이요
억만 인 우리 동포는 원기 찼으니
그의 힘 내리 받아 생김이로다.

그리로 솟아나는 신령한 물을
마시고 난 큰 사람 얼마 많으뇨
힘 있는 조상의 피 길이 전하야
현금에 우리 혈관 돌아다니네

백곡이 풍등(豐登)토록35) 비를 만들어

은(恩)으로 도와줄 땐 그가 부모요
만악(萬惡)을 숙살(肅殺)하게[36] 바람을 내여
위(威)로써 깨우칠 땐 엄사부(嚴師傅)로다.

우리는 몸을 바쳐 그를 섬기니
따뜻한 그의 품은 항상 봄이요
정성을 기우려서 교훈 받으니
타작의 마당에서 수확 많도다.

육체나 정령이나 우리의 온갖
세력의 원동력은 게서 옴이니
언제든 충실하고 용장(勇壯)하여서

---

35) (기)풍등하다. 농사를 지은 것이 아주 잘 되다.
36) (기)숙살하다. 기운이나 분위기 따위가 냉랭하고 살벌하다.

덜하지 아니함이 우연함이랴.

우리의 가슴 속엔 검은 구름이
머물러 본 일 없고 우리 머리엔
엉킨 실 들앉은 일 있지 아니해
〈환호〉코 〈역작(力作)〉함도 그 힘이로다.

어떠한 일을 하면 그의 밑에서
생겨나 살아나는 값이 되어서
떳떳한 얼굴 들고 그를 대하여
마음에 미안함이 없게 되리오.

무겁기 그와 같은 거동으로써
드높기 그와 같은 생각을 좇아

그처럼 항구하게 노력하여서
그에게 아름다움 더할 뿐이라.

일상에 마음 두어 힘쓸지어다
모든 것 가운데서 높이 뛰어나
남들이 올려보게 만들어 줌이
그의 덕 대답하는 외길시니라.

이러한 좋은 데를 아무나 가져
이 복을 누릴 수가 있음 아니라
소리를 크게 하여 우리 다행을
다른 곳 사람에게 자랑하리라.

봄맞이

봄이 한번 돌아오니 눈에 가득 화기로다
대동풍설(大冬風雪) 사나울 때 꿈도 꾸지 못한 바
이라
알괘라 무서운 건 〈타임〉(때)의 힘.

구십춘광(九十春光) 자랑노라 원림처처(園林處處)
피운 꽃아
겉모양만 번영하면 부귀기상 있다하랴
진실로 날 호리려면 오직 열매.

나무에 꽃피움은 열매 맺기 위함이라
같은 음문 같은 자궁 동식물이 일반이나
사람이 신령태도 꽃만 좋다.

신이화(莘荑花) 피었단 말 어제런듯 들었더니
어느덧 만산홍록(滿山紅綠) 금수세계(錦繡世界) 되었도다
놀랍다 운기에는 무왕불복(無往不復).

꽃이 한둘 아니거니 고은 것도 많을지오
천만가지 과실에는 단 것인들 적으랴마는
꽃 좋고 열매 좋긴 도화인가.

부근(斧斤)37)이 온다 해도 겁낼 내가 아니어든
윈아침을 다 못가는 여간 바람 두릴소냐
말마다 내 열매는 튼튼 무궁.

———————————
37) 큰 도끼와 작은 도끼를 통틀어 이르는 말.

한마음 바라기를 열매 맺자 피었으니
목적 달킨 일반이라 떨어지기 사양하랴
어찌타 그 사이에 웃고 울고.

또 황령(皇靈)

사기(史記)를 들어보니 두 눈이 황홀하다,
거룩한 일과 사람 많은들 저리 많아,
그렇듯 광영하옴도 또 황령이샷다.

강토(疆土)를 둘러보니 이상계가 여기로다,
산고수려(山高水麗) 한덩이에 모든 것이 다 족하니,
저렇듯 복락하옴도 또 황령이샷다.

인물을 살펴보니 남다르게 할만하다,
얼굴엔 성(誠)이 나고 몸엔 가득 힘이로다,
이렇듯 준수하옴도 또 황령이샷다.

대동강

청류벽 흐르는 물은 사천재(載)에 일양(一樣)인데, 바람 비에 갈린대로 의구할손 조천석(朝天石)을, 지금에 장성(長城) 없어도 섭섭한 줄 몰라라.

산하야 곱다마는 인물이 그 누구냐, 석다산(石多山)을 가르치니 감화가 더욱 깊다, 〈볼〉 차는 아이들은 너무 무심하여라.

석양에 배를 띄워 주악(酒岳)으로 내리다가, 모란봉에 노를 쉬고 웃으며 묻는 말이, 네 영기 뭉킬 때가 어느 제쯤 되느니.

닷 감아라, 내려가자 황해수가 제라더라, 님 가실 때 구경하니 용이한 건 그걸러라, 양기가 발하거니 요마 풍랑.

밀물은 거슬리니 따르는 것 없다마는, 썰물은 순한지라

밀리느니 모래로다, 이 중에 무심한 백구는 올뿐 갈뿐이
로다.

철도(鐵島) 밖에 우운(雨雲) 끼니 님의 눈물 엉기었
나, 금수(錦繡)산중 부는 바람 님의 한만 엮였더니,
강산에 샛별이 비치니 그의 희망 보는 듯.

압록강

―통군정[38] 상(統軍亭上)에서 만주의 들을 보고

궁함없이 열린 저 들 우리 조상 갈던 터아,
방울방울 흘린 땀이 얼마만이 섞였으랴,
바람이 얼굴에 지나가니 내나는 듯.

―위화도(威化島)

가잔 말이 무슨 말가 이 기운 이 마음으로,
한 말머리 돌아서니 천추위략(千秋偉略) 허사로다,
중강에 갈바람 부니 그 한인가,

---

38) 평안북도 의주군 의주읍 압록강변 삼각산 위에 있는 누각. 관서 팔경의 하나이
다.

무심한 아이들아 살촉 얻어 좋아마라,
장사의 눈물 자취 살펴보면 있으리라,
연(緣) 슬어 아니 보이니 더욱 설어.

＊　＊　＊

눈 한번 흘겨보니 혼동강(混同江)이 엎드리고,
손 한번 대두르니 금석산이 기어 온다,
지금에 옛 주인 알아보니 너를 가상.

때의 부르짖음

떴다 달이 떴다 눈 다 빼든 달 이제 떴다,
그리 말도 많더니 삼오야(三五夜) 되니 얼른 떴다,
이후일랑 헛고대 말고 날 꼽기만.

은하수가 폭포 되면 수력전기 일으키고,
태양열이 힘이 되면 발동기라도 돌리련마는,
지금에 둘다 못하니 그때 더디여.

피었을 때 좋은 줄 알면 져 갈 때에 설어 마라,
염천설지(炎天雪地) 다 분투하면 명년 이때 또 피
리라,
필 때가 뒤에 있거니 무슨 걱정.

님아 너도 정 있으면 내 정상도 짐작하라,

고고초졸(枯槁憔悴) 이 모양이 뉘 연고를 네 알거든,
꿈에나 나 여기 왔소 한 마디만.

분수도 나 모르니 역량이라 안다하랴,
말똥구리 팔뽐냄도 때면 될 줄 알 뿐이라,
두어라 나의 믿음은 할 때 될 때.

대 조선정신

　창궁벽해(蒼穹碧海)를 두틈 트고 불끈 솟는 아침
햇빛,
　만이천봉 등대(等待)했다 덥썩 혼자 다 받으니,
　보리라 대조선 정신 이 중에도.

　두 날개 훨쩍 펴고 반공(半空) 높이 떴는 백구,
　눈앞에는 창천홍일 발아래는 백사청송
　보리라 대조선 정신 이 중에도.

　화경(火鏡)[39] 같은 저 눈보라 뫼를 등진 범이로다,
　안연듯 배를 내려 제 길 가는 저 행인아,
　보리라 대조선 정신 이 중에도.

---

39) 햇빛을 비추면 불을 일으키는 거울이라는 뜻으로, '볼록 렌즈'를 이르는 말.

개아미 적다 마라 고생이라 안 피(避)터라,
바람 비의 얼음에도 맡은 직분 다코 마니,
보리라 대조선 정신 이 중에도.

끓어 증기 흘러내오 소사 새암 고여 소(沼)를,
기수육삼계간(氣水陸三界間)에 자유자재 물 너로다,
보리라 대조선 정신 이 중에도.

동풍 불면 서로 끄덕 서풍 불면 동으로 끄덕,
바람 따라 끄덕여도 몸과 뿌리는 만년 일양(一樣),
보리라 대조선 정신 이 중에도.

평퍼짐한 돌노 생겨 차림 없이 앉았으니,

비바람은 씻고 갈며 새 짐승은 참(站)⁴⁰⁾을 댄다,
보리라 대조선 정신 이 중에도.

---

40) 중앙 관아의 공문을 지방 관아에 전달하며 외국 사신의 왕래, 벼슬아치의
여행과 부임 때 마필(馬匹)을 공급하던 곳.

더위치기

취했는가 미쳤는가 어렸느냐 흘렸느냐,
내 가진 내 마음이나 내 생각해 내 몰라라,
진정에 이름 묻거든 얼 없다나.

여름 구름 기봉(奇峰)많음 밑이 더워 됨이거늘,
더운 피 끓는 곳엔 큰 일 큰 공 웃물지니,
가슴아 탈대로 타라 큰 것 나도.

한 주먹 들어 번쩍 태산을 문지른대도,
네 기운의 세고 많음 나는 진정 못 허락해,
방촌(方寸)[41)]에 작은 무엇을 제 못 누르면,

---

41) 1. 한 치 사방의 넓이. 2. 사람의 마음은 가슴속의 한 치 사방의 넓이에
    깃들어 있다는 뜻으로, '마음'을 달리 이르는 말.

세상이 심심커늘 괴로움 네 있기로,
견고 틀고 씨름하여 무한 흥을 얻는구나,
우제든 네 곧 있으면 다시 무엇.

화로가 무서워도 지나 와야 빛이 나고,
망치가 아프지만 맞은 뒤에 굳어지니,
양금(良金)이 되고자 하면 이를 달게.

시 삼편

주정으로 지내는 이 세상에를
깬 마음으로 가자고 허덕이는 그
청맹관(靑盲官)[42]의 어린 피 급한 흐름에
배가 되어 그대로 떠나가도다.

살 같은 앞걸음에 벼락과 같이
때리는 검은 바위에 다닥다려서
비로소 맛 알도다 바다 무서움
쏟아지는 뜨거운 눈물방울에.

많은 모순 못 처너 터진 그 창자

---

42) '청맹과니'의 오기로 추정. '청맹과니'는 1. 겉으로 보기에는 눈이 멀쩡하나
앞을 보지 못하는 눈. 또는 그런 사람. 2. 사리에 밝지 못하여 눈을 뜨고도
사물을 제대로 분간하지 못하는 사람을 비유적으로 이르는 말.

꿰매려도 힘없는 곤한 그의 손
옛 모양 되게 할 약 번히 알고서
먹으려단 못 먹는 〈알콜〉이로다.

. . . .

그는 배가 줴뜯어 약 얻으려오
오장(五腸) 가득 〈각갑〉이 발버둥치오
의원 있을 듯한 덴 다 가서 보오
번번 실망하면도 또 속으러 가오

산에 갔단 구름의, 물엔 고기의
비웃음만 보았소 침만 받았소
어느 때는 풀숲에 메뚜기에게

〈멀겋고 속없다〉는 욕도 당했소.

〈힘주시오 힘주어〉소리 지르고
나날이 예저기로 미친 개짓하오
아직도 사람이란 눈물 동물로
없는 이겐 주고야 마는 줄 아오

· · · · · · · · · · · · · · · · ·

나는 참 안 바라오 원수의 자유
구함은 한껏 몹쓸 결박이로세
내 몸은 풀어졌네 손은 지쳤네
그 원수를 쫓기에 얻은 바로세.

그러나 이렇게는 참 못견디어
치고 조여 사게는 마쳐야겠네
불 뜨거움 찬 얼음 온통 모르는
늘어진 신경으론 하루 못 살아

오소서 우리 주여 살려주소서
오색 당사 칭칭칭 엮은 동아줄
위 아래로 온몸을 감고 탱자(撑子)쳐
따끔한 중 새 정신 나게 하소서.

....

어디로 가려는지 저도 모르오
이마가 맞닿도록 나갈 뿐이오

수표교(水標橋)목 와서야 생각이 났오
무슨 긴한 일 있어 누가 찾음을.

남은 너무 애쓴다 아껴들 주오
저도 또한 남다른 수고라 하오
해동갑 일어나서 해동갑 들어와
얻은 것 생각하곤 스스로 웃소.

정신차려 남의 틈 벗어나야 함
창끝같이 때때로 마음 찌르오
어젯밤 잠들 때엔 더욱 괴로워
굳이 결단했건만 또 나선 길요.

님

님이 설마 둥글기랴마는
한번 만나 뵈었으면 시원하게 풀릴낫다
밤낮에 이내 가려움 못 견뎌 하노라

님이 거기 계시다 하니 뵈오려면 가올 것이
님이 거기 안 계셔도 가 보아야 아올 것이
그리는 그 님이시니 아니 가고 어이리

님을 못 뵈올진대 애 말라도 죽으려니
님 아시는 내 몸이니 허수이 하올 것가
차라리 뵈올 길 찾아 몸 들일까 하노라

어린이 꿈

아침 해에 취하여 낮 붉힌 구름
인도 바다의 김에 배부른 바람
훗훗한 소곤거림 너 줄 때마다
간지러울사 우리 날카론 신경

초록 장(帳)[43] 재를 두른 님의 나라도
네게듯 고아라서 그리워하고
화로수 흘러가는 기쁨 가람에
배 타려고 애씀도 원래 네 꼬임

처음 고인 포도주 같은 네 말을
길이 듣게 귀밝기 내 바람이니

---

43) 둘러쳐서 가리게 되어 있는 장막, 휘장, 방장 따위를 통틀어 이르는 말.

취하리라 취하여 네 기운 타고
날게 돋쳐 나는 듯 두루 날리라

내 볼이 두둑하고 더운 피 돌아
따뜻한 네 입맞춤 받을 만하니
닿도록 어깨 결어 동무 해주게
불빛 빤히 오라는 하늘 저편에

물레방아

소용돌아 뱅뱅뱅 소용돌아라
네 힘껏은 돌아라 때의 물결아
날랑은 알이 되어 가운데 박혀
내 둘레서 기 쓰고 돌물 보리라

물레쳐라 휙휙휙 물레치거라
그 물에 돌아가는 운수(運數)방아야
날랑은 공이 되어 무거움으로
도는 족족 확에 것 찧어 내리라

덧없은들 때가 꼭 무서울 것가
한마디 한마디씩 매듭만 짓고
미리 모를 운수도 겁 아니 나지
아는 그때 꼭 잡아 항복 받으면

다리로 소용돌이 알 박아서고
팔에는 물레방아 공이 쥐도다
아아 나는 거기서 노래하리라
두 뺨 가득 그윽한 울음 머금고

붓

깁 우산이 웃음을 싸 인력차에 실려 가고
보리동지 내민 배를 자동차가 날을 때에
샌님 집 다 닳은 붓은 촉 째 없어 가더라

눈 감고 말은 뭇을 입에 물어 푸노라니
동량(冬糧)하란 꽹과리가 건너 문에 어지럽다
틈타서 외마디 소리 문수(問數)하라⁴⁴⁾ 하더라

꺾을까 말까 하여 붓대 들고 망설이니
비눗물 풀어 들고 마침 달겨드는 아이
절 할 때 그대를 뽑아 나를 달라 하더라

───────────

44) (기)문수하다. 점쟁이에게 길흉을 묻다.

새해

묵은 때와 무겁을 가는 해 주어
보내고 돌아서니 바람의 새해
끊임없는 부지런 애씀과 나감
갈수록 더하리라 세월을 따라

하고하고 또 함이 우리 일이니
보내는 해 맞는 해 다를 것 없네
날달이나 해에나 한 도막 한참
이룸에 가까워짐 기뻐나 하지

나 먹을 때 따라서 이력이 차고
이 팔과 이 다리에 힘 더 오르니
두려움 더욱 줄고 믿음 더 나네
큰 발자국 떼면서 다만 앞으로!

우리의 살림살이 이럴 뿐이라
이로써 이 온 해를 지낼 것이니
부끄럼과 뉘우침 어디서 날까
또 한해 바꿀 때에 웃음이 두볼

추위

추위가 맵더라도 어서 가기 바라지 마소
이 추위 가는 바에 세월이 따르오리
추원들 쉬우랴마는 나이 먹을까 하노라

나무에 잎이 지지 발가벗은 자연이요
골에는 눈 덮히니 흙손질한 평등이라
본보고 따르지 못하니 그를 슬퍼하노라

네 성미 불끈할 때 뉘 아니 떨리마는
조그만 누그려도 움츠림이 다 펴도다
만물을 쥐고 펴고 하니 큰 힘인가 하노라

붕(鵬)

하늘 덮는 날개가 내게 있으니
한번 치면 구름이 발아래로다
중생 실은 대괴(大塊)가 티끌만 아득
온 태공(太空)이 내 앞에 엎드렸구나

청천은 등에 지고 거침없으니
쌓인 바람 두터워 구만리로다
물러갈까 나갈까 뜰까 나릴까
억천만성(億千萬星)세계도 한참에로다

한 깃에 해를 싸니 불이 게 있고
한 깃에 은하 싸니 물 또한 무궁
두 깃을 한대 펴고 바꾸어침에
묵은 무겁 다 타고 타면 꺼지네

간 데 족족 깨치고 이룩하고서
돌아오매 우주가 새 목숨이라
쭉지를 오므리고 남명(南溟)⁴⁵⁾에 누니
누리의 깨끗함이 아직은 한참

45) 남쪽에 있다고 하는 큰 바다. ≪장자≫ 〈소요유편〉에 나오는 말이다.

봄의 선녀

봄의 선녀 손에는 사랑의 홰오
봄의 선녀 입에는 살려내는 김
그 불결 가는 바에 옥죔 풀리고
그 숨결 쏘는 바에 굳음이 녹네

덧옷 없이 사는 사람의 찬 가운데서
지내는 이 곱은 손 쪼여 주소서
덮개 없이 누리의 얼음 속으로
구르는 이 얼은 몸 불어주소서

움츠러든 목숨을 펴려는 무리
선녀여 부르소서 만져주소서
따뜻한 품속에도 안아주시며
따스한 뺨으로도 대어주소서

더운 기운 돌아온 그 팔을 끼고
온 꽃핀 동산 안에 거닐어주며
즐거움 솟아나는 맑은 샘가에
어깨 겯고 정담도 들려주소서

나

내가 무엇을 할까 어떻게 할까
내게 문제될 것은 이뿐이로다
기리는 이 기릴래 하는 이 할래
남은 남 하는대로 나는 나대로

천만인이 내 앞에 들어서래라
천만언(言)이 내 귀를 울리라 하라
한 웃음이 내 무기 내 방편로세
나는 본디 나 혼자 믿는 바 있네

지팡이를 짚으랴 등을 기대랴
내 다리로 뻣뻣이 내 곳에 서고
구태 가마를 타랴 나갈 데 가지

종로 네 길거리에 나를 내세라
나는 산아이로다 겁 아니 내마
돋음하여 남더러 날 보라 하고
소리 질러 내로라 외우치리라

내 속

내 속 헤쳐 남 못 뵈고 남의 안 뒤어 내 모르니
제요 내요 모르기야 다름이 무어리만
내 속을 남 아니 앎이 별로 섭섭하여라

뉘라 나를 알리 하고 벌거벗고 길을 나니
모두 웃고 가르침이 모르는 이 되없는 듯
그러컨 옷 입히라니 다 모른 체 하옵데

그대 나를 안다하니 얼굴인가 이름인가
진실로 이뿐이면 날 안달 이 그대뿐가
이밖에 따로 있는 참 나야 뉘 아실고 하노라

여름 길

풀밭에 누운 소는 뻐꾸기 소리 듣고
버들 그늘 속에 잠자리 걸음 밸 제
제비는 저 혼자 바빠 갈팡질팡 하더라
                    —냇가에서

장마의 잔칼질로 참혹히 된 흙 비탈에
쓸쓸히 난 풀아 너는 살 희망 무엇이뇨
가을만 얼음들 얼 제 남겨질뿐이옵네
                    —벌거벗은 뫼 아래서

자는 듯 죽었는 듯 꼼짝 않던 나무새들
바람 한번 지나가매 잎잎이 우줄활활
이윽고 고요해지니 새색신듯 하여라
                    —숲속에서

봄의 앞잡이

버드나무 눈트라고 가는 비가 오는고야
개나리 진달래꽃 어서 피라 오는고야

보슬보슬 내려와서 초근초근 축여주매
질척질척 젖은 흙이 유들유들 기름 돈다

아침나절 저녁나절 나무 기슭 기슭마다
참새무리 들레임을 벌써부터 들었으니

늙은 제비 젊은 제비 긴 날개 번득이며
옛집 찾아오는 꼴도 이 비 뒤엔 보이렸다

이 비는 방울마다 목숨의 씨 품었나니
나무거니 풀이거니 맞는 놈은 싹이 나며

이 비는 오는 족족 목숨의 샘 부룻나니
사람이고 물건이고 더럭더럭 기운나네

첫 비에 이른 꽃과 둘째 비에 늦은 꽃에
차례차례 입 벌리고 못내 기뻐 웃을 적에

첫 비에 속잎 나고 둘째 비에 겉잎 나온
떨기떨기 버드나무 푸른 울을 쌓으렸다

골에 숨은 꾀꼬리가 목청 자랑 하고 싶어
비단 소매 떨트리고 이 속에 와 붙이렸다

훗훗이 볕 쪼이고 산들산들 바람 불 때

목을 놓아 꾀꼴거려 기쁨의 봄 읊으렸다

아지랑이 뜨는 곳에 종달새가 팔죽팔죽
햇빛 바로 받는 곳엔 씨암탉이 뒤뚱뒤뚱

나물 캐는 색시들의 바구니가 드북하고
어린 아이 소꿉상이 가지가지 질번질번

젊은이의 얼굴에는 함박꽃이 피려 하고
늙은이의 굽은 허리 조금하면 필 듯하다

엎드렸던 모든 것이 한꺼번에 일어나며
쪼그렸던 모든 것이 길길이 기를 펴네

오래든 잠 문득 깨어 굳은 얼음 깨뜨리고
지저귀며 흐르는 물 소리소리 기쁨이요

살려는 힘 북받쳐서 땅을 트고 나오는 움
한 푼 한 치 커질수록 더욱 똘똘 더욱 씩씩

사나운 추위 밑에 몹시 눌려 있은 만큼
때를 만나 뻗는 힘이 무덕지고 어마어마

죽다 살게 하는 봄의 앞잡이로 오시오니
끔찍해라 거룩해라 고마울사 이 비로다

이 비의 지난 뒤엔 앓는 소리 사라지며
이 비의 가는 곳엔 느긋한 빛 널려지네

소리 없이 잘게 와서 큰 좋은 일을 하는 그 비
자작자작 떨어짐을 얼이 빠져 내가 보네

앞에는 바다

한방울 한방울씩 돌틈을 뚫고
떨어지는 샘물이 제 스스로는
어디 가는 셈인지 모르지마는
멀고먼 그의 앞에 바다가 있네

샘으로서, 시내로, 시내로서 똘
여울로서, 가람이, 되기까지도
어디 가는 셈인지 모르지마는
나갈수록 가까이 바다가 있네

잘든 굵든, 많적든 물이란 물은
바다로 돌아감이 애적의 작정
남 없이 어느덧 다다라보면
기다렸다 삼키는 바다가 있네

때의 바다 바라고 나가는 우리
바다에 간 다음 일 궁거울시고[46]
꿈 같이 스러지는 거품이 될까
하늘 덮는 물결로 야단을 칠까

---

46) (기)궁겁다. 궁금하다.

여읜 어머니

못 떠날 어버이를 너도 아마 여의도다,
끝없이 울고울어 쉬우려지 않는 맘이,
곱고비 맺힌 설움이 남의 뼈로 스며라.

어머니 가신 데가 어딘 줄을 내 알리까,
못 버릴 모든 것을 다 제치고 가오실새,
그마만 좋은 곳임이 굳이 믿어집니다.

다사하신 님의 품이 가지록 그릴세라,
쓸쓸한 가을바람 나무 벌써 흔들도다,
인제야 어는 손발을 뉘게 가져 가리요.

궁거워

1.

위하고 위한 구슬
싸고 다시 싸노매라,

때 묻고 이 빠짐을
님은 아니 탓하셔도,

바칠 제 성하옵도록
나는 애써 가왜라.

2.

보면은 알련마는
하마 알듯 더 몰라를,

나로써 님을 혜니
혜올사록 어긋나를,

믿으려 믿을 뿐이면
알기 구태 찾으랴.

3.
차는 듯 비인 가슴
바다라도 담으리다,

우리 님 크신 사랑
그지 어이 있으리만,

솟는 채 대시옵소서
벅차 아니하리다.

4.
모진가 하였더니
그대로 둥그도다,

부핀 줄 여겼더니
또 그대로 길차도다,

어떻다 말 못할 것이
님이신가 하노라.

5.

뒤집고 엎질러서
하나 밖에 없건마는,

온 즈믄47) 맑아져도
못 그리올 이내 마음,

왼이로 바치는 밖에
더할 바를 몰라라.

---

47) '천(千)'의 옛말.

6.

얼음같이 식히실 제
모닥불을 받드는 듯,

혹처럼 떼치실 제
부레풀을 발리는 듯,

두 손 다 내두르실 제
껴안긴 듯하여라.

7.

미우면 미운 대로
살에 들고 뼈에 박혀,

아무커나 님의 속에
깃들여 지내고저,

애적에 곱게 보심은
뜻도 아니 했소라.

8.
풀숲에 걸으면서
이슬 맞음 싫다리까,

사랑을 따르거니
몸을 본대 사리리만,

낭 없는 이 님의 길은
애제든든하여라.

9.

안 보면 조부비고
보면 설미 어인일가,

무섭도 않건마는
만나서는 못 대들고,

떠나면 그리울 일만
앞서 걱정 하왜라.

안겨서

1.
님자채 달도 밝고
님으로 해 꽃도 고와,

진실로 님 아니면
꿀이 달랴 쑥이 쓰랴,

해 떠서 번하옵기로
님 탓인가 하노라.

2.
감아서 뵈던 그가
뜨는 새에 어디간고,

눈은 아니 믿더라도
소리 어이 귀에 있나,

몸 아니 계시건마는
만져도 질 듯하여라.

3.
무어라 님을 할까
해에다가 비겨 볼까,

쓸쓸과 어두움이
얼른하면 쫓기나니,

아무리 겨울 깊어도
응달 몰라 좋아라.

4.

구태라 어디다가
견주고자 아니하며,

억지로 무엇보다
낫다는 것 아니건만,

님대로 고으신 것을
아니랄 길 없소라.

5.

한고작 든든커늘
의로웁게 보시고녀,

알뜰한 우리 님만
오붓하게 뫼신 적을,

뭇사람 들레는 곳이야
차마 쓸쓸하건만.

6.

넣었다 집어내면
안 시원 것 없으시니,

우리님 풀무에는
피운 것이 무슨 숯고,

무르다 버릴 무엇이
어있을고 하노라.

　　　7.
믿거라 하실수록
의심 더욱 나옵기는,

아무리 돌아봐도
고일 무엇 없을세지,

행여나 주시는 마음
안 받는다 하리까.

8.
남은 다 아니라커늘
나는 어이 그리 뵈나,

어짊은 저를 믿어
속을 적에 속더라도,

티 없는 구슬로 아니
안 그럴 줄 있으랴.

9.

큰 눈을 작게 뜨다
마지막엔 감았세라,

님보담 나은 귀와
남보담 못 하신 무엇,

없기야 꼭 없지마는
행여 뵐까 저어라.

떠나서

1.

님께야 찾아보아
못 얻을 것 없건마는,

내게야 뒤지기로
그 무엇이 나오리까,

그대로 거두시기야
바란다나 하리까.

2.

제 맘도 제 뜻대로
아니 됨을 생각하면,

억지로 못하시는
님을 어이 탓하리만,

알면서 나는 짜증은
더 못 눌러 하노라.

3.

쌓이고 쌓인 말을
벼르고 또 벼르다가,

만나면 삭막하여
멀건한이 있을망정,

뒤어서 못 뵈는 뜻을
님은 알까 합니다.

4.
찡기고 웃으심이
낱낱이 매운 채를,

살점이 묻어나며
달기는 어인 일고,

안 맞아 못 사올 매니
으서진다 마다랴.

5.

님의 낯 실주름에
닻줄만치 애가 키고,

님의 눈 야흐림에
소내긴듯 가슴 덜렁,

가다가 되돌아듦을
과히 허물 마소서.

6.

안 속는 님 속이려
제가 혼자 속아왔네,

님 아니 속으심을
열 번 옳게 알면서도,

속을 듯 안 속으심에
짜증 몹시 나괘라.

7.

물 들고 따랐도다
술 들여야 하올 님을,

맨 이로 덤볐도다
어려서도 못 될 일을,

받을 듯 모른 체 하심
야속탈 길 없어라.

8.

열 번 읊으신 님
눈물지어 느끼면도,

돌리다 못 돌리는
이 발길을 멈추고서,

저녁 해 엷은 빛 아래
눈 꼭 감고 섰소라.

9.

봄이 또 왔다 한다
오시기는 온 양하나,

동산에 피인 꽃이
언 가슴을 못 푸나니,

님 떠나 외론 적이면
겨울인가 하노라.

단군굴(窟)에서

1.

아득한 어느 제에
님이 여기 나립신고,

벋어난 한 가지에
나도 열림 생각하면,

이 자리 안 찾으리까
멀다 높다 하리까.

2.

끝없이 터진 앞이
바다 저리 닿았다네,

그 새에 올망졸망
뫼도둑도 많건마는,

엎대어 나볏들하다
고개 들 놈 없구나.

3.
몇 몇 번 네 바람이
아랫녘에 지냈는고,

언제고 님의 댁엔
맑은 하늘 밝은 해를,

들어나 환하시려면
구름 슬쩍 걷혀라.

석굴암에서

1.

허술한 꿈자취야
석양 아래 보자꾸나,

동방 십만 리를
뜰 앞 만든 님의 댁은,

불끈한 아침 햇빛에
환히 보아 두옵세.

2.

대 신라 산아이가
님이 되어 계시도다,

이 얼을 이 맵시요
이 정신 이 솜씨를,

누구서 숨 있는 저를
돌부처라 하느뇨.

3.
나라의 곬이 모여
이 태양을 지었구나,

완악한⁴⁸⁾ 어느 바람
고개들 놈 없도소니,

동해의 조만 물결이
거품 다시 지리오.

대동강에서

1.

흐르는 저녁볕이
얼굴빛을 어울러서,

쪽 같은 한가람을
하마[49] 붉혀 버린 터니,

갈매기 떼 지어 나니
흰 창 크게 나더라.

2.

바다로 나간 물이

---

49) '벌써'의 방언(강원, 경상, 충북).

돌아옴을 뉘 보신고,

재 너머 비낀 날을
못 머물 줄 알 량이면,

이같이 다술이라도
많다 말고 자시소.

3.
머리끝 부는 바람
그리 센 줄 모르건만,

켜 묵은 가진 시름

그만 떨켜 다 나가니,

몸 아니 깨끗하온가
배도 거븐하여라.

웅진(熊津)에서

1.

다 지나가고 보니
거친 흙이 한 덩이를,

한숨이 스러질 제
웃음 또한 간 곳 없네,

반 천년 오국풍진(五國風塵)이
꿈 아닌가 하노라.

2.

물 아니 길으신가
들도 아니 넓으신가,

쌍수산(雙樹山) 오지랖이
이리 시원한 곳에서,

켜 묵은 답답한 일을
구태 생각하리오.

3.

해오리50) 조는 곳에
모래별로 깨끗해라,

---

50) '해오라기'의 준말.

인간의 짙은 때에
물 안든 것 없건마는,

저 둘만 제 빛을 지녀
서로 놓지 않더라.

금강(錦江)에 떠서

1.

돛인가 구름인가
하늘 끝의 희끗한 것,

오는지 가심인지
꿈속처럼 뭉기딀 제,

생각이 그것을 따라
감을아득하여라.

2.

석탄(石灘)을 뵈옵고서
이정언(李正言)을 아노매라,

뇌정(雷霆)⁵¹⁾은 휘뿌려도
풍월에는 종이심을,

나 혼자 웃고 지난다
허물 너무 마소서.

3.
백리 긴 언덕에
초록 장(帳)이 왜버들을

---

51) 천둥과 벼락이 격렬하게 침. 또는 그런 천둥과 벼락. 뇌정벽력(雷霆霹靂).

다락배52) 사만 척은
사라져라 꿈이언만,

물에 뜬 저 그림자가
돛대 긴 듯하여라.

---

52) 다락이 있는 배. 배 안에 이 층으로 집을 지은 배로서 주로 해전이나 뱃놀이에
쓰였다. 누선(樓船).

백마강(白馬江)에서

1.

반월성(半月城) 부는 바람
자는 백강(白江) 왜 깨우나,

잔물결 굵게 일면
하나 옛 꿈 들췰랏다,

잊었던 일천 년 일을
알아 무삼 하리오.

2.

사나운 저 물결도
씹다 못해 남겼세라,

한조각 돌이라 해
수월하게 보올것가,

조룡대(釣龍臺)53) 그보담 큰 것
뉘라 남아 계신고.

3.
예의 배 당나라 말
바다 넘어 왜 왔던가,

53) 충청남도 부여 백마강 가에 있는 바위. 중국 당나라 장수 소정방이 이 바위에
걸터앉아 백제 무왕의 화신인 용을 낚았다는 전설이 있다.

허리 굽은 평제탑(平濟塔)54)이
낙조에 헐떡여를,

이겼다 악쓴 자취도
저뿐 저뿐인 것을.

---

54) '부여 정림사지 오층 석탑'의 다른 이름.

동산에서

1.

외지다 버리시매
조각 땅이 내게 있네,

한 나무 머귀⁵⁵⁾덕에
뙤약볕도 겁 없어라,

수수깡 쓸린 창에나
서늘 그득 좋아라.

---

55) '오동'의 옛말.

2.

재 넘어 해가 숨고
풀끝에 이슬 맺혀,

바람이 겨드랑에
선들선들 스쳐가면,

구태라 쫓지 않건만
더위 절로 가더라.

3.

잎마다 소리하고
나무마다 팔 벌리어,

바람을 만났노라
우레처럼 들레건만,
그대로 안두삼척(案頭三尺)엔
고요 그득하여라.

일람각(一覽閣)에서

1.
한나절 느린 볕이
잔디 위에 낮잠 자고,

맨 데 없는 버들개56)가
하늘 덮어 쏘대는데,

때 외는 닭의 울음만
일 있는 듯하여라.

---

56) 버드나무가 많이 들어선 개울.

2.

드는 줄 모른 잠을
깨오는 줄 몰래 깨니,

뉘엿이 넘는 해가
사리짝에 붉었는데,

울 위에 움크린 괴57)는
선하품을 하더라.

3.

뙤약볕 버들잎은

_____

57) 고양이.

잎잎이 눈이 있어,

자라가는 기쁜 빛을
소복소복 담았다가,

바람이 지날 제마다
감을 깜박하더라.

봄길

1.

버들잎에 구는 구슬
알알이 짙은 봄빛,

찬비라 할지라도
님의 사랑 담아 옴을,

적시어 뼈에 스민다
마달 누가 있으랴.

2.

볼 부은 저 개구리
그 무엇에 쫓겼관대,

조르를 젖은 몸이
논귀에서 헐떡이나,

떼봄이 쳐들어와요
더위 함께 옵데다.

3.
저 강상(江上) 작은 돌에
더북할손 푸른 풀을,

다 살라 욱대길[58) 제
그 누구가 봄을 외리,

줌만한 저 흙일망정
놓여 아니 주도다.

---

58) (기)욱대기다. 억지를 부려 우겨서 제 마음대로 해내다.

혼자 앉아서

가만히 오는 비가
낙수져서 소리하니,

오마지 않은 이가
일도 없이 기다려져,

열릴 듯 닫힌 문으로
눈이 자주 가더라.

혼자 자다가

밤중이 고요커늘
종이를 또 펴노매라,

날마다 못 그린 뜻
오늘이나 하였더니,

붓방아 녜런 듯하고
닭이 벌써 울어라.

어느 마음

돌바닥 맑은 샘아
돌 우는 듯 멈추어라,

진흙밭 구정물에
행여 몸을 다칠세라,

차라로 막힐지언정
흐려 흘러가리오.

한강의 밤배

달 뜨자 일이 없고
벗 오시자 술 익었네,

어려운 이 여럿을
고루고루 실었으니,

뱃랑은 바람 맡겨라
밤새올까 하노라.

구월산 가는 길에서

한 짐 해 짊어지신 갓 쓴 〈샌님〉 뒤따르고,
다 닳은 호(虎)탄자⁵⁹⁾로 뚜껑 씌운 가마 속에,
구월에 털배자 입은 색시 앉아 있더라.

볼 붉은 사과알이 울 너머에 그득커늘,
발 벗은 다박머리 지나가다 멈추고서,
이윽히 데미다 보고 손을 쭉쭉 빨더라.

낫 들고 밭일하던 트레머리 저 〈어미네〉,
갓난이 우는 소리 바람결에 들리는지,
이따금 손을 멈추고 집을 바라보더라.

---

59) 호피 무늬로 짠 담요.

근십 삼편(近什三篇)

─12월 1일 야행차로 부산을 향함

가는 비 서울역을 꿈과 함께 떠나도다
금오평(金烏坪) 추풍령을 어느 사이 지냈던 둥
칠백 리 낙동가람에 새벽달을 보쾌다

─동(同) 5일 〈아이크〉가 왔다가다

눈 덮여 하얀 땅을 밟고 다녀 가셨다네
피어려 비린 흙은 가려졌다 하려니와
한줌의 매운 바람야 안 불었다 하리오

—동 15일 진해로 향함

지프차 달랑달랑 진흙길을 헤치면서
명지(鳴旨)벌 녹산(菉山)물의 묵은 꿈을 뒤져내니
쌀쌀한 웅동(熊東) 바람도 그냥 훗훗하여라

추색(秋色)

울 머리 늙는 박과 지붕 위에 널린 고추
가을 볕 쨍쨍함을 혼자 받아 빛내거늘
병아리 오락가락이 덧부치기 하여라

물가의 작은 마을 저녁내에 잠겼고나
부유한 긴 가람이 가물가물 잠들더니
새하얀 한 새가 날라 꾸려던 꿈 깨져라

눈 같은 센 머리를 혼자 끄덕거리면서
땅 꺼질 이런 풍년 몇 번 있었던가 하고
금물결 구비치는 들 보고 다시 보아라

추의(秋意)

긴 하늘 어느 구름 지나가는 기러기떼
소리는 들리거늘 그림자도 안 보이나
만 리에 달리는 눈이 뜻과 함께 멀어라

반 남아 시든 국화 돌보는 이 없을시고
서리를 웃던 기개(氣槪) 하마 잊어버릴망정
갈수록 깊는 향기야 뉘 모른다 하리오

한 조각 흰구름이 맨 데 없이 떠도는 듯
보는 이 다 말하대 한가하다 하건마는
저 하늘 다 돌려하면 바쁘기가 어떠리

봄바람

〈뮤즈〉의 기쁜 가락 봄바람을 타고 올사
들릴 듯 말듯하여 상네사람 모를망정
가다가 열린 귀에는 우레도곤 크거니

고요히 부드럽게 기척 없이 불건마는
만산에 눈이 녹고 눌린 목숨 살아나니
봄바람 가늘다하여 약하다고 하리오

공평코 유심하기 봄바람에 더하리오
귀인의 큰 동산에 값진 꽃도 피우거냐
구석 땅 이름 없는 풀 더 잘 키워 내어라

북창(北窓)

부르지 않은 청풍 소리 없이 찾아오네
쇠라도 녹이려고 서두르는 더위기로
북창 밑 누웠는 나야 제가 어찌 하리오

은행에 통장 없고 추수 받는 논 없대서
남들은 나를 보고 가난하다 하건마는
북창 밑 이때 이 바람 이천 냥이 있어라

잘나고 돈 생기고 권세 땅땅 쓰는 분네
불볕에 쏘대면서 절하기에 바쁘심을
북창 밑 누운 나더러 부러워하라 하느니

광명

비바람 못 가리고 도깨비가 낮에 나도
이밖에 없는 내 집 모른다리 내버리리
깨끗이 닦고 부심이 메운 구실 아닌가

넘어져 코 깨지고 똥오줌은 못 가눠도
걸음마 신통하고 짝짜꿍이 귀여울 뿐
내 자식 자라는 꼴에 흉허물이 있으랴

이렇다 저렇다고 말로 불평 말았으라
이 나라 내 나라요 이 시대는 우리 시대
광명을 지함 속에서 찾지 않고 어이리

가톨릭 청년에게 줌

오래도 자던 영혼 처음으로 눈을 뜨고
새 생명 있는 곳을 고개 들어 찾을 때에
〈데우스〉 거룩한 빛을 절로 알아보도다

이 백성 총명함이 여기 또한 보이도다
찾아서 얻었도다 두드려서 얻었도다
베드로 열쇠의 끈을 손에 잡고말도다

이 나라 밝히고 말, 빛 아닌가 힘 아닌가
깨뜨릴 어두움이 아직 크게 남았나니
가톨릭 위 뒤 청년의 짐도 무거울시고

거짓말

거짓말 한 가지가 능사 되는 이 시대매
참말을 하는 밖에 다른 재주 없는 나는
일마다 가는 곳마다 어줍기도 하여라

나라의 선전기구 국제간의 회의절충
엉뚱한 거짓말을 국책으로 일삼나니
화장품 매약광고야 일러 무삼하리오

거짓말 한 재주만 배웠으면 그만일사
교양도 쓸데없고 인격수련 아니 묻네
인간의 공부할 과목 홀가분해지도다

감우(甘雨)

한나절 반가운 비 만물이 다 살아나네
마른 것 추겨지고 쓰러진 것 일어나서
하느님 크신 권능을 각각 찬송하거라

뽀얗게 터졌던 논 늪이 되어 충충할사
배 바삐 옮겨낸 모 자리 얻어 편안하여
네 활개 죽죽 펴고서 춤추는 양 하여라

이 비의 한 방울이 한 알 곡식 될까하매
우리들 벌써부터 배부르지 아니한가
울 가망 어제까지 일 꿈이런가 하노라

광복 십주년

광복 해 심은 나무 도막도막 자라나서
그늘은 지붕 덮고 키는 앞산 가리웠네
성장을 말하는 십년 겨우 네게 보쾌라

이 그루 이 뿌리로 이렇게도 시위다니
바람 비 이십년을 능히 배겨 나오셨네
역사에 이만 기적을 많이 본다 하리까

만사가 십년이면 한 번 크게 변하나니
끝없는 내내 십년 붙일 희망 얼마리요
꿈같은 한번 십년에 애 끊는다 마소서

국화

저 맵시 저 향기로 봄빛 속에 섞인대도
모자랄 아무 것이 있을 리가 없건마는
겸손히 오늘에 와서 홀로 피어 있고녀.

봄바람 여름 장마 차례차례 물리치고
가을의 이 영화가 그 그루에 맺혔거늘
지난 날 싸운 자취야 묻는 이가 있던가.

일 년의 모든 영화 아낌없이 남 맡기고
허술한 울타리 밑 귀퉁이 땅 의탁하되
찬 서리 집 없는 서슬 눈 띄우지 않는가.

새봄

지붕에 눈 덮이고 창유리에 성에 겹쳐
왔다는 새봄 소식 찾아 볼 길 없을러니
책상 위 매화가지 틈 꽃송이가 보여라

제주서 보내어 온 몇몇 포기 들마늘을
바둑돌 사분자(砂盆子)에 고이 길러 꽃이 피니
선비집 수선화 호사 부족함이 없도다

생명의 묵은 신비 너에게 놀래여라
허리가 동강난 채 물고 넘어섰을망정
움 나고 청이 자라서 꽃도 피지 않는가

최남선

(崔南善, 1890.4.26~1957.10.10)

사학자·시조시인·문화운동가. 서울 출생. 본관은 동주(東洲, 鐵原).
아명은 창흥(昌興), 자는 공륙(公六), 호는 육당(六堂)·한샘·남악주인
(南嶽主人)·곡교인(曲橋人)·육당학인(六堂學人)·축한생(逐閑生)·대
몽(大夢)·백운향도(白雲香徒), 세례명 베드로이다.

전형적인 중인계층 출신인 헌규(獻圭)와 강씨(姜氏) 사이에서 차남으
로 출생하였다. 신문화 수입기에서 언문일치(言文一致)의 신문학운동
과 국학(國學) 관계의 개척에 선구자적 역할을 하였다. 이원(利原)의
진흥왕순수비(眞興王巡狩碑)를 발견하였다. 저서에 창작 시조집 『백
팔번뇌(百八煩惱)』, 시조집 『시조유취(時調類聚)』, 역사서 『단군론
(檀君論)』, 『조선역사』, 『삼국유사해제』, 『조선독립운동사(朝鮮獨立
運動史)』 등 다수가 있다

1895년(고종 32)부터 글방에 다니기 시작

1901년(광무 5) 황성신문에 투고

1902년 경성학당에 입학하여 일본어를 배움

1904년 10월 황실유학생으로 소년반장(少年班長)이 되어, 도쿄[東京]부립중학에 입학했으나 3개월 만에 자퇴하고 귀국

1906년 3월 사비로 다시 일본 와세다대학교 고등사범부 지리역사과에 들어가 유학생회보 대한흥학회보(大韓興學會報)를 편집하면서 새로운 형식의 시와 시조를 발표

1907년 와세다대학교 자퇴

1908년 자택에 신문관(新文館)을 설립하고 인쇄와 출판을 함

1909년 잡지 『소년』를 창간하여 논설문과 새로운 형식의 자유시 〈해(海)에게서 소년에게〉를 발표

1909년 안창호(安昌浩)와 함께 청년학우회 설립위원

1910년 조선광문회(朝鮮光文會)를 창설하여 고전을 간행하고 20여 종의 육전소설(六錢小說)을 발간

1913년 『아이들 보이』를 창간

1914년 『아이들 보이』 폐간

『청춘(靑春)』을 발간하여 초창기 문학발전에 크게 기여

1919년 3·1운동 때는 독립선언문을 기초하고 민족대표 48인 중의 한 사람으로 체포되어 2년 6개월형을 선고 받음

1920년 가출옥

1922년 동명사(東明社)를 설립, 주간지 『동명(東明)』을 발행하면서
　　　　국사연구에 전념

1924년 시대일보(時代日報)를 창간, 사장에 취임했으나 곧 사임

1925년 동아일보(東亞日報)의 객원이 되어 사설을 씀

1927년 총독부의 조선사편찬위원회 촉탁을 거쳐 위원이 됨

1932년 중앙불교전문학교 강사

1938년 조선총독부 중추원 참의, 만몽일보(滿蒙日報) 고문으로 활동

1939년 일본 관동군이 세운 건국대학(建國大學) 교수

1943년 재일조선인 유학생의 학병지원을 권고하는 강연을 하기 위
　　　　하여 도쿄로 건너감

1945년 광복 후 우이동(牛耳洞)에 은거하면서 역사논문 집필에 전념

1949년 친일반민족행위자로 기소되어 수감되었으나 병보석으로 풀
　　　　려남

1950년 6·25전쟁 때 해군전사편찬위원회 촉탁이 되었다가 서울시
　　　　사(市史) 편찬위원회 고문으로 추대

1957년 뇌일혈로 작고

최남선은 문학과 문화·언론 등 다방면에 걸친 활동을 하였다. 살펴보
면 다음과 같다.

첫째, 신문관 설립 운영과 『소년』, 『붉은 저고리』, 『아이들 보이』, 『청춘(靑春)』 등의 잡지를 발간하고 대중을 계몽하는 한편, 창가·신체시 등 새로운 형태의 시가들을 발표하여 한국 근대문학사에 새로운 시가양식이 내놓았다.

둘째, 문주언종(文主言從), 한문투가 중심의 문장에서 구어체로 고치고, 동시에 우리말 위주가 되게 하였다. 이를 위해 여러 간행물과 잡지 매체를 통해 선전 보급하였다. 이로 인하여 문장개혁이 이루어졌다.

셋째, 민족문화가 형성, 전개된 모습을 한국사·민속·지리연구와 문헌의 수집·정리·발간을 통해 밝혔다. 즉, 한국민족의 정신적 지주를 탐구하고 현양하려 한 것이었다. 나아가 민족주의 사상을 집약시킨 조선정신(朝鮮精神)을 제창하였다.

한편, 여러 분야에서 방대한 양의 업적을 발표하였다.

① 한국사에 대한 연구로 『청춘』 1918년 6월호에 발표한 〈계고차존(稽古箚存)〉에서 비롯된다. 이 글은 당시 상당 수준의 논문으로 그 내용이 단군시대부터 부여·옥저·예맥 등에 걸쳐 있는 것이었다. 1920년대에는 「조선역사통속강화(朝鮮歷史通俗講話)」·「삼국유사해제(三國遺事解題)」·「불함문화론(不咸文化論)」·「단군신전(檀君神典)의 고의(古義)」 등을 발표하였고, 1930년대 이후에 『역사일감(歷史日鑑)』·『고

사통(故事通)』 등 방대한 규모의 한국사에 대한 연구를 하였다.

② 문화유산의 발굴 정리 및 평가 시도하였다. 조선광문회(朝鮮光文會)·동명사(東明社)·계명구락부(啓明俱樂部) 등의 단계로 나누어볼 수 있다. 조선광문회 단계에서는 우리 고전소설인 「춘향전」·「옥루몽」·「사씨남정기」·「흥부놀부전」·「심청전」·「장화홍련전」·「조웅전」 등을 정리 발간하였고, 동시에 『동국통감(東國通鑑)』·『열하일기(熱河日記)』 등 한문 고전들도 복각하고 보급하였다. 동명사 때에는 『조선어사전』을 편찬 기도하였으며, 계명구락부 때까지 이어져 사전편찬사업을 구체화시켜나갔다. 또한, 『삼국유사』를 주석 정리 해제를 하고 『금오신화』의 보급판도 간행하였다.

③ 국토 산하순례예찬과 현양 노력을 하였다. 『심춘순례(尋春巡禮)』·『백두산근참기(白頭山覲參記)』·『송막연운록(松漠燕雲錄)』 등이다. 이 글들을 통하여 한반도 전역뿐만 아니라 만주와 몽고에 이르기까지 여러 명소 고적들을 더듬고, 우리 민족의 역사를 되새겼다.

④ 시조부흥운동을 중심으로 한 민족문학운동이다. 구체적으로 살펴보면, 민족적 시가양식으로 시조가 재정리되고 창작되어야 한다는 견해를 가지고, 카프의 계급지상주의에 맞서 다수 작품을 제작 발표하였다. 창작시조집 『백팔번뇌(百八煩惱)』가 그 대표적인 예이다. 또한, 「조선국민문학으로서의 시조」, 「시조태반으로서의 조선민성(朝

鮮民性)과 민속」등을 발표하여 시조부흥운동의 논리적 근거를 마련하였다.

⑤ 민속학에 대한 연구는 『동국세시기』등 사본으로 전해 오던 것을 수집, 간행한 것을 비롯하여, 「단군론(檀君論)」·「신라 경문왕과 희랍의 미다스왕」등을 발표하였으며, 「불함문화론」등은 민속학적으로 주목되는 논문이다. 최남선은 단군을 건국의 시조인 개인이 아니라 원시사회의 신앙에 근거를 둔 종교적 제사장으로 이해하였으며, 불함문화권으로 주장한 동북아시아계의 여러 민족의 공통된 신앙, 즉 샤머니즘을 배경으로 단군신화를 이해하려고 한 것은 우리 신화와 문화에 대한 최초의 민속학적 연구 시도로 인정된다.

그러나 3·1운동으로 구금 투옥되고 나서 석방된 뒤 계속 일제의 감시 규제를 받아 친일의 길을 걸었다. 그리하여 식민지정책 수행과정에서 생긴 한국사 연구기구인 조선사편수회에 관계를 가졌고, 이어 만주건국대학에서 교편을 잡았으며, 뿐만 아니라 일제 말기에는 침략전쟁을 미화하고 선전하는 언론활동도 하였다. 그리하여 광복 후에는 민족정기를 강조하는 사람들에 의하여 비난과 공격의 과녁이 되었다.

총체적으로 보면 유능한 계몽운동가였고, 우리 민족의 근대화 과정에

중요한 임무를 담당한 문화운동가의 한 사람이다. 죽은 뒤 1958년 만년에 기거한 서울 우이동 소원(素園)에 기념비가 세워졌고, 1975년 15권에 달하는 방대한 양의 전집이 간행되었다.

〈해에게서 소년에게〉

1908년 『소년(少年)』 창간호 권두(卷頭)에 발표된 7행 6연으로 된 이 작품은, 신체시(新體詩) 혹은 신시(新詩)라고 불리었다. 엄격한 정형시(定型詩) 중에서도 한시(漢詩)의 범주를 벗어나지 못하던 때에, 재래 가사(歌辭) 형식을 그대로 이어오던 창가(唱歌)의 형식을 깨뜨리고 등장한 한국 최초의 자유시(自由詩)라는 점에서 문학사적 의미가 크다. 내용은 창가적인 것을 완전히 탈피하지는 못했으므로, 문학작품으로서 그 가치가 새로운 것은 되지 못하지만, 형식의 자유로움은 하나의 혁신적인 사실로 한국 근대시(近代詩)의 초석이 된 작품이다.

큰글한국문학선집: 최남선 시선집

해에게서 소년에게

ⓒ 글로벌콘텐츠, 2015

1판 1쇄 인쇄_2015년 11월 01일
1판 1쇄 발행_2015년 11월 10일

지은이_최남선
엮은이_글로벌콘텐츠 편집부
펴낸이_홍정표

펴낸곳_글로벌콘텐츠
　　　등　록_제25100-2008-24호

공급처_(주)글로벌콘텐츠출판그룹
　　　기획·마케팅_노경민　**편집**_김현열 송은주　**디자인**_김미미　**경영지원**_안선영
　　　주소_서울특별시 강동구 천중로 196 정일빌딩 401호
　　　전화_02-488-3280　**팩스**_02-488-3281
　　　홈페이지_www.gcbook.co.kr

값 16,000원
ISBN 979-11-5852-068-7 03810